금요일의 봄

금요일의 봄

ⓒ 박인태, 2024

초판 1쇄 발행 2024년 4월 15일

지은이   박인태
펴낸이   이기봉
편집   좋은땅 편집팀
펴낸곳   도서출판 좋은땅
주소   서울특별시 마포구 양화로12길 26 지월드빌딩 (서교동 395-7)
전화   02)374-8616~7
팩스   02)374-8614
이메일   gworldbook@naver.com
홈페이지   www.g-world.co.kr

ISBN   979-11-388-2972-4 (03810)

금요일의 봄

박인태 시집

좋은땅

하나의 공간 하나의 인식

백지 위에 원을 그린다
손과 연필과 종이는 친구처럼 다정하다
그 모습을 아름답게 바라보는 눈동자

책상에는 커피와 담배가 손님처럼 편안하다

창밖 겨울나무가 바람의 손가락을 흔들고
새가 날아와 노래한다
검은 가지처럼 새는 보이지 않는다
공간에 울려 퍼지는 추상화 같은 목소리
시선을 가로막는 산이 웅장한 벽처럼 있다

지혜와 인식으로 만들어진 사물이 하나가 되어
구름과 바람의 공간에 있다

태양처럼 빛나는 이 순간
하늘 같은 거대한 영혼 속에 갇힌
자유로운 죄수처럼 웅성거리는 생각의 무리
우리는 공간에 중독되어 있다

목차

1부
금요일의 봄

2부
상처를 위로하는 여름 밥상

3부
황혼의 묵상

4부
겨울 햇살

1부

금요일의 봄

철학의 서문

먼지 쌓인 책을 털면
금박의 묘비명
선명한 이름이 나타났다

시대를 이끌고 가던 깃발

새벽 촛불이 꺼지고
마지막 페이지가 열리면

빈 몸뚱이 하나로 날아가는
까마귀처럼 검은 독백이 남는다

나의 인생은 물에 빠진 소금이었다

황당한 고백에 세월은 낙담하였고
절망하는 시선이 유령처럼 방황한다

광야로 돌아가는

위대한 사상의 그림자 아래
하늘이 앉았던 자리는 흔적이 없다

비가 내리는 편지

로즈메리 향기처럼 비가 내린다

새의 입속에는 은방울이 있다
가느다란 빗속에
금빛 찰랑거리는 새들의 노래

촉촉한 빗방울이
백지처럼 창백한 연인에게 편지를 쓴다

사랑의 반성문처럼
빈 가슴에 사연을 적는다

나는 가시처럼 너를 사랑했다
시냇물처럼 게을렀으며
조약돌처럼 예쁜 너의 사랑을 줍지 못했다

이제 잠시만이라도
사랑을 돌려줄 수 없느냐고

양념을 빌리러 온 이웃집 여인처럼
곤란한 표정으로 창문을 두드린다

금요일의 봄

앙증맞은 작은 이빨로
물어뜯고 싶어 하는
여우의 눈빛 같은

금요일 오후

집으로 돌아가는
낡은 고목처럼 서 있어도
버스는 오지 않는다

봄이 되니 모두 따뜻한 숨을 쉬었다

나뭇가지 사이로
젖은 햇살 같은 질문이
무성하게 자란다

설익은 의문
짧은 메모 같은

단편의 궁금함이 자욱하다

한적한 도로에 석양이 굴러간다

언덕 너머 아련한
도시 가로등은
반딧불이처럼 날아다니고
보름달이 술집처럼 문을 연다

연못 위의 종이배 같은 권태

안개꽃처럼 적막한 마음
생의 슬픔이 피어난다

물결 없는 생활의 권태
샘물이 목적 없는 허공으로 흘러가고
죽음으로부터 박해받는 영혼

무책임한 증오의 비밀처럼
아무도 사랑하지 않는다

검은 밤처럼 무거운 슬픔이
쫓아오는 딱딱한 소리

너는 여왕의 무희처럼
화려한 고통의 춤을 춘다

보다 우아한 삶을 위하여
진주처럼 굴러다니는 눈동자

눈빛이 칼날보다 차갑다

조용한 비가 오면
침묵의 대바구니에 담긴 사과처럼
사랑을 자르고 싶은
망나니 같은 욕구가 난폭해진다

새들은 소풍을 떠난 일요일

우리 영혼의 바다로 나갈까요

여긴 눈과 귀만 살아 있는 세상
비바람 치는 폭풍의 울음소리 가득한 지상
평화로운 햇살의 날조차 뜬금없이
새가 떨어져 죽는 곳

우리 영혼의 바다로 갈까요

싱싱한 생명의 그물을 당겨
예언자 물고기 만나고
버림 받은
탄생과 소멸의 마법을 이해하는
기쁨과 슬픔이 하나인 세상
근심 걱정 솜사탕처럼 녹아 버리는

우리 영혼의 바다로 갈까요

물의 초원을 달리는 물고기 따라
다 버리고 맨몸뚱이로 갈까요

멍든 가슴 하얗게 씻어 버리는
바다로 갈까요

바다에는 돌고래의 숲
산에는 늑대의 사과

물새의 파도 따라
인어가 튀어 오르는
바다로 갈까요

눈과 귀가 까맣게 닫히고
푸른 영혼이 눈을 뜨는
바다로 갈까요

꽃과 나비의 연정

바람난 봄날
화려한 나비와 순결한 꽃이
지중해 오렌지처럼 사랑을 나눈다

모카커피를 마시는 부드러운 햇살

향기로운 사랑의 밀어처럼
눈부신 노래는
가벼운 연애 소설로 끝나고

나비가 꽃의 집을 떠난다

새로운 욕망의 하늘을 찾아
나비는 날아가고

아름다운 눈물 속에 꽃이 남았다

나비처럼 손쉽게

행복한 슬픔을 버릴 수 있다면
북풍의 용기처럼 자유로운 걸까

하얀 사랑의 질문이 해답처럼 날아간다

위대한 신의 평범한 답장

처음부터 나의 의지는 명백했다

너의 목적은
황량한 벌판이 아니다

황새처럼 웃고
참새처럼 떠들며
나비처럼 자유로운 축복이다

나를 찾는 사랑을 완성하는 것이다

그렇지 않다면
누가 허락한
수많은 하늘이 있겠는가

너는 오직 눈을 떠라

오색 풍선처럼 기뻐하며

창가에 앉은 햇살의 축복과
오후의 예감 같은 슬픔 속에서
웃고 뒹굴며 놀다가

집으로 돌아올 때
엄마 찾는 아이처럼 울며 오라

문 앞에는 장난기 섞인 큰 웃음으로
너를 반기는 내가 있다

심각하게만 살지 말아 다오
기쁨이 많았으면 좋겠다

몸살처럼 싸늘한 봄날

화려한 여인의 이별처럼
눈부신 햇살

바람난 흰 꽃이
눈송이처럼 흩날린다

봄날은 꽃바람에 젖어
차가운 연민처럼 떨었다

잘못 쓴 편지처럼
찢어 버린 분홍 꽃잎이
주인 없이 날아다니고

시간의 가지에 피어난
화려한 슬픔이 꽃처럼 눈부시다

햇살의 물방울 같은
미묘한 기분이 날아다닌다

새들의 마을

갈대 마을에 부는 바람
물처럼 고독한 새들의 노래

햇살의 변두리로 날아가는
철새의 하늘이 향기롭다

물은 개구쟁이처럼 출렁이고
갈대는 소란스럽다

구름이 허전하게 허둥댔지만
어느 것 하나
잘못된 움직임은 없었다

너의 미소가
아름다운 하루를 만들었으며

후회하는 것에
쓸 수 있는 시간은 없었다

조이가 사랑하는 고양이

1

달의 눈을 가졌구나

왕자처럼 품위 있는 콧수염
하얗게 화려하다

산신령을 닮은 긴 눈썹
운명을 다스린다

보름달처럼 신비한 눈을 가졌구나

털이 아름다운 짐승
바람의 깃털처럼
걸음마다 조용하다

초승달처럼 요염한 눈을 가졌구나

빈방을 지키는
음지의 마법사처럼 현란하다

가지 많은 나무도 잠든 밤
피곤한 주인의
낮은 발자국 소리에
달의 눈이 활짝 피어난다

너는 안개의 달처럼
슬픈 눈을 가졌구나

2

고뇌하지 않는 베르테르˙ 고양이
너의 영토는 천국의 향연

풍족한 식량과 물
_____

* 권총 자살한 괴테의 『젊은 베르테르의 슬픔』 소설 주인공.

춥고 더움을 넘어선
문명의 향락을 누린다

허무하도록 하얀 공간의 벽

비 오는 날
차갑고 쓸쓸한 풍경을 막아 주는
유리창 안에서
고양이는 물방울의 성격을 모른다

창밖에는 춥고 어두운 뱀처럼
긴 가로수 길이
낭만의 모험
장미의 사랑 같은
방랑의 자유를
꿀처럼 유혹하며
가로등처럼 혀를 날름거린다

고양이 세상은 울타리 안의 방

벽을 넘어선 공간
광활한 들판
자유를 찾아가는 순례길은
양파의 벽처럼
또 다른 벽에 둘러싸인
또 하나의 담담한 공간에 불과하다

고양이는 철없는 바람의 장난에도
휘어지는 가지처럼 참을 수 있다

하동 악양 벌판

1

흰 꽃 마을
산과 강이 꽃처럼 춤춘다

하염없는 강줄기
낯선 새소리 은은하고
동그란 악양의 들판

하늘은 푸른 수정보다 맑은 호수
흰 구름이 자유롭게 형상을 만든다

인정 많은 담장처럼
산은 서로 어깨에 기대 이어지고
광활한 수평의 들판에
바람의 물결이 흘렀다

뻐꾸기 울어

산사의 종소리처럼 퍼지면

햇살은 들판에 앉은
명상의 화두처럼
개울물 소리 바라본다

2

순간 구름과 하늘이
백지처럼 조용하다

물새의 노래가
꽃잎처럼 흩날렸다

이 땅에는 얼마나 많은 곡식이
일어섰다 누웠을까

아련한 추억처럼 앞서 걷는 꽃길

침묵 같은 들판의 숨소리

엎질러진 물처럼 하늘이 흘러가고
계곡은 악양 벌판으로 미끄러진다

겸손한 세월이
초가집처럼 버려져 있다

빈 접시처럼 맑은 눈동자
새들의 벌판을 정갈하게 담는다

어울리지 않게 커다란 고목이
들판의 희로애락처럼 서 있다

낡은 운명의 충실한 하인처럼
책임 없는 역사의 열정이
봄날 들녘을 날아다닌다

비 오는 거리

순결한 사랑처럼 비가 내린다

물방울 여행자들이
조용히 산책하는
거리는 고독하다

침묵의 돌들이
딸각거리며 걸었다

허영심 많은 새가 모여
나뭇잎 찻집에서 좋알거린다

깨끗한 길에는 알맹이 없이
활기찬 생명의 헌신을 배반한
값비싼 박스가 비에 젖는다

햇살 없는 질투 속에
새들은 사랑을 떠나간다

오후의 봄비

모래톱에 버려진
폐선처럼 적막한 감정

명상처럼 가벼운 눈꺼풀이 졸고
바라보는 침묵이
비에 젖는다

은 거미처럼 소리 없는 비

작은 마을은
쓸쓸한 비에 젖어 허전하다

칼자국처럼 패인
검은 골목

동굴처럼 조용하다

강아지 한 마리 없는 정적이

꽃가루처럼 날린다

봄 처녀가 유령처럼 지나간다

부디 나에게 자유를 권고한다

세찬 물살을 건너가는 절망을 위로하며

완벽한 균형을 갖춘 얼굴보다
감자처럼 만족하지 않는 얼굴을 허락한다

가난한 잡초였던 샤프란 향기보다
해를 닮은 해바라기를 허락한다

우월한 가짜의 비겁한 성공보다
초라한 낙방의 실망을 허락한다

우리는 예정된 미래를 확정 짓기 위해
필요에 따라 선악을 선택한다

그 모든 비판적 사고가
어리석은 편견의 허무한 사기였다면
잔고 없는 삶은 얼마나 불행한가

참새처럼 순결하게 살고 싶다

길은 청명하다
나에게 모든 자유를 허락한다

판도라의 상자

완벽한 균형
아름다운 자태

당신의 향기는
꽃처럼 날카롭다

빗줄기처럼
현란한 눈동자

눈밭을 휩쓰는
바람 같은
장미의 입술

사슴처럼 조용하다

적막한 감정을 다스리는
섬세한 손길

당신은 풀어 놓은
선물 상자

꽃의 노래

남풍의 나비가
햇살을 찾아 구하는 동안
꽃이 피었다

너는 나를 지켜 주는 봄처럼
아주아주 오래 살아야 한다

내가 돌아가는 날까지
건강한 나비가 되어
끝끝내 나를 지켜야 한다

기쁨의 꽃은 신의 잠언처럼
예언의 노래를 불렀다

나비는 여덟 개의 사랑을 가진
거미처럼 집을 지어
꽃을 지키는
사랑의 햇살이 되었다

운명의 약속은 여우의 눈빛처럼 아름답다

야비한 독촉장

뜬금없는 편지가
황새처럼 우아하게 날아왔다

문 앞에서 잠시 옷매무새를 다듬고
깜짝 놀란 까마귀처럼 짖는다

기뻐할 수 없는 소식

어둠 속에 묻어 둔 비리가
부끄럽게 적히고
적나라한 벌이 옷을 벗는다

다정한 참새의 우정은 사라지고
흉악한 늑대가 사납게 짖었다

떼어먹은 술값
도망간 이발 비용
이유도 모르는 어린 시절의 야반도주까지

소상히 청구되어

배신의 거친 종소리가 조용한 동네를 깨운다

침묵의 소리

성스러운 책을 읽으며
햇살은 창문을 통해
사방의 지혜를 본다

동쪽 창은 태양의 실존을 무라고 불렀고
서쪽 창은 달의 얼굴을 사랑이라 했다
남쪽 바다는 현재이며 북쪽 산은 연민이었다

비가 내리고 있는
저 지붕이 없었다면
하늘을 선명하게 볼 수 있을까

녹슨 증언에 대한
실체 없는 의심이 궁금해한다

2부

상처를 위로하는 여름 밥상

상처를 위로하는 여름 밥상

상처는 별것 아니다

죽기를 작정한 날조차
배신하는 경우가 허다하다

쉽게 끝나는 것은 없다
죽음은 더욱 쉽게 끝나지 않는다

어쩌자고
매미는 리듬 없는 소음처럼 울어대고

한 끼 식사를 위하여
헤픈 웃음밖에 모르는
다정한 소금은
이십 년 동안
제 몸에 밴 간수를 뺐다

마음의 상처는 별것 아니다

시원한 오이냉국에 녹아 있는
소금처럼 유별난 것 아니다

외로운 폭우

검은 하늘
오후의 건널목에서 멈춘 들판

하늘 산이 무너지는 천둥 속에
길 잃은 번개가 방황하고
난폭한 빗줄기가 새들의 평화를 점령한다

유령처럼 비를 맞는 나무
파란 안개가 피어올랐다

나는 먼 나라
이름도 모르는 동유럽 어디
들판에 서 있는 들국화처럼
허전하게 바라보았다

돌처럼 비에 젖는다

비는 제 운명의

마지막 이름도 모른 채
무시당한 사랑처럼 쏟아졌다

사악한 진실

1. 가난한 믿음

플라톤의 동굴처럼 깜깜한 경청의 좌석

황금 글씨로 채워진 강사의 이력서는
무공 훈장처럼 빛났다
사람들의 검은 탄성은
놀라운 행진곡처럼 합창되었다

화려한 믿음은 질서를 창조한다

달변에 밟힌 정의가 꿈틀거리고
가면의 얼굴이
촛불 없는 방의 뱀처럼 아름답다

우리는 노예의 예약석에서
약속된 믿음을 듣는다

정신 잃은 이성
붉은 눈동자
아찔한 미소

주둥이가 깨진 고려청자
검은 영혼의 현란한 비색을 바라보며
우리는 구름처럼 마비된다

2. 복종의 습관

진실은 정직으로 장식되었다

요란하게 강조하는
담대한 거짓

복종의 순간까지
올가미를 놓지 않는 무서운 고집이
폭풍처럼 몰아친다

어둠은 사악하다

불꽃의 피가 흐르는
불의 전차 같은 눈동자

가을이 되면 낙엽은 눈을 잃었고
땅에는 그렇게 죽은 것들로 가득했다

하지만
완벽하게 둥근 사과는 없다

공연히 트집 잡는 우울증

나의 미소는 노란색이다
너의 미소는 분홍이구나
거리의 웃음소리는 파랗다

맡길 것도 없다
부탁할 것도 없다
나의 일은 나의 일이다

내가 풀어야 할 숙제
결과에 상관없이
완성된 희열을 느껴야 할 과제일 뿐이다

기쁨을 찾아
어떻게 해야 하는지 묻지 말라
답은 이미 네가 알고 있다

심통 난 우울증이 토라진 날이었다

서러운 밤비

하늘을 찢어 버리는 천둥소리
부러진 기둥처럼 번개가 몸부림치고
마당이 고양이처럼 떨고 있다

거대한 어둠이 입을 열고
하늘처럼 소리친다
분노의 비명 같은 눈물이 쏟아졌다

쌓아 둔 한이 많았나 보다

착한 일요일 고해성사라도 했더라면
마음이 가벼웠을 텐데
폐가가 된 고향의 잡초처럼
버려진 서러움이 컸나 보다

하얀 외로움이 밤새 쏟아진다
창을 닫고 쉽지 않은 잠을 청했다

그래 그건 다 너의 일이다
섬처럼 견디는 내가 열어 줄 창문은 없다

사랑의 반성문

무례하게 책상을 침범한
햇살의 질문처럼
너를 향한 나의 감정을 헤아려 본다

너의 눈동자를 바라보며 몇 번 웃었는지
가장 사랑스러웠을 때는 언제였는지
무엇이 즐거웠고 어떤 날 슬펐는지

내 영혼이 너의 호수에 빠졌던 날
물보다 짙은 심연 속에서 나는 정신을 잃었지만

우아한 사랑이 자유로워졌을 때
순수한 사랑이 권리를 주장할 때
장미가 시들어 가는 시간처럼
슬픔의 여백은 늘어 갔다

사막에 찍힌 낙타의 흔적 같은
물의 발자국이 그리워진다

허공을 날아가는 새
남겨진 여운처럼 흩날리는 장미 향기

관계에 대한 진실처럼
구름 같은 나를 멈추게 하는 너는
지평선처럼 아름다웠지만

우리가 가끔 어두운 하늘이 되지 않는다면
무심한 사랑은 씨앗을 뿌리지 않았다

폭풍과 증오의 피를 간직한 혈통 탓인지
사랑은 늘 어두운 구석을 찾아 손을 내민다

콜롬비아 커피

무더운 장마처럼 비가 내린다

축축한 검은 나무 사이
열대 안개가 그물처럼 피어오르고
정글 속살 같은 향기가 밀려온다

빗줄기에 묻혀 커피를 마신다

어떤 향기인지 궁금한 콜롬비아 고산 지대
무지개처럼 신비한 이국적인 환상
비와 안개의 붉은 열매

부드럽고 검은
쌉쌀하고 아련한 향기가
촉촉이 입술을 적시는
아름다운 맛

장대 빗줄기 속에

검은 화산처럼 천둥과 번개가 치고
나는 구관조처럼 커피 향기를 마신다

이상한 인연

남자는 할아버지처럼 늙었고
납작한 모자를 쓰고 있다
나는 그가 쉬고 있는 골목을 지나간다

어느 시절 험악한 노름판에서
인생의 목적을 잃고
흙탕물처럼 흘러왔는지 모른다

청춘의 시간 그때도
긴 머리에 납작한 모자를 쓰고
황금빛 연등 빛나는 지상의 종착역에서
별처럼 반짝이는 포장마차를 몰았다

소주 한 잔 이백 원
손바닥 크기 생굴 한 개 오백 원
칠백 원짜리 호탕한 웃음
행복한 기분이 잔돈처럼 짤랑거렸다

달의 은방울처럼 섭섭하지 않았다

오늘도 남자의 스타일은 변하지 않았다
긴 생머리 납작한 모자를 쓰고
폐지가 된 시간을 정리한다

재미없고 쓸쓸한 인생의 도박판에서
이런 삶에 판돈을 걸었는지도 모른다

그리움은 빈 박스처럼 뒹굴고
이 거리를 배회하는 것은
인사를 나누지 않는 저 남자와 나뿐이다

우리는 몇 번 더 볼 수 있을까
말라 버린 귤껍질 같은 시간은
황사 같은 눈인사를 남기며
가고 나면 그뿐이었다

참 잘했어요

백설 공주의 케이크처럼
맛있는 시간을 만들었으면
다음 주문은
참 잘했어요
수고로운 영광을 위한
찬사여야 한다

하루의 열정을 즐긴 화려한 마침표처럼
석양은 살아남은 투우사처럼 황홀하다

부러진 가지
낙엽 위에 죽어 있는 작은 벌
홀로 선 길 위에서 뒤돌아보는 것처럼

그 순간 우리 마음에
샛별의 눈물처럼 피어나는 꽃은

참 잘했어요

내일은 우아한 태양을 기대합니다

우기와 건기의 교차로

축축한 장마
비와 물방울 세상
검은 우산 같은 하늘 아래
비는 지겹게 내린다

가끔 구멍 난 태양의 혁명처럼
나뭇잎에 햇살이 내려와
환하게 밝혀 주기도 하였지만
장마는 끝이 없었고 세상은 물에 잠겨
마른 햇볕을 그리워했다

사막이 끝난 것처럼 마침내
하늘이 바뀌고 장마는 죽었다

하루 이틀 삼십 일 신선했던
햇살은 지겹도록 마른 종을 친다

가끔 시원한 혁명처럼

빗줄기가 쏟아져
세상을 기분 좋게 적시기도 하였다

화려한 생명

지금이란 상황은
공간이 흥분한 상태

하늘과 구름
새와 나무가 공명하는
하나의 화음으로 노래한다

악몽의 까마귀는 그늘에 숨었다

푸른 식탁
화려한 만찬
아름다운 여왕의 우아한 축제처럼
축복의 한때

이 순간

낯선 커피를 음미하는
최초의 자세로

나의 공간이 감동한다

악몽의 연가

쓰레기 같은 인연

저주는 차갑게 튀어 나왔다
나이 든 왼쪽 귀의 이명처럼
꿀꿀거리는 돼지 같은 낮은 목소리

나를 사랑하는 나비가 되어 달라고
요구하는 것처럼
아니다
그건 힘든 일이다

나는 추억의 공동묘지에 묻힌
모두를 알고 있다
함께 살아온 수많은 이웃처럼
연결된 사건 하나하나
사막을 달리는 장대한 열차처럼 잘 알고 있다

굳세게 자리를 차지하여

난감한 얼룩처럼 지워지지 않는 악몽

그것마저 영혼의 성장을 위한
한 끼 식사였을까

죽음의 순간
바다를 뒤돌아보는 물고기처럼
완성된 사랑일까

하늘로 날아가는 물고기가 말한다
당신이 없었다면
나는 영혼 잃은 나비처럼
세찬 북풍에 휩쓸려 갔을 것이라고
악몽의 꽃에게 감사를 한다

박물관 유령처럼 사실을 말한다

시간은 돌처럼 굴러떨어진다

창조의 영광이 주는 선물이 저주는 아니다

시시포스는 코린토스의 왕
은밀한 신들의 도둑질과 간음 같은
본능적 비밀을 누설한 죄로
가장 높은 산으로 돌을 옮기는 벌을 받았다

신을 닮은 교활한 돌은
뱀처럼 가느다란 밤의 눈을 피해
간사하게 스스로 굴러 아래로 떨어졌다

시시포스의 돌은 영원히 굴러떨어졌다

시시포스는 노동의 하루를 사랑하였다
무한 반복적인 사명이었지만
살아 있음을 느끼려면
죽은 돌마저 사랑에 취해 있어야 한다
운명의 뜻에 맞춰 춤을 추었다

석공의 망치
농부와 소
고래의 여정
나비의 비행처럼
차가운 하루가 잠에서 깨어
수정 같은 물을 마신다

신화의 운명을 닮은
사랑의 종이비행기가 날아간다

3부

황혼의 묵상

황혼의 묵상

푸른 약속을 기억하기 위한 문신처럼
하늘은 스스로 황혼을 그려 놓는다

새들은 일용할 노동의 책을 덮고
신성한 묵상을 한다

소망의 바다에 켜지는
거룩한 촛불이
철새의 가로등처럼 타오른다

희망의 열차가 간이역처럼 멈추고
쏟아지는 과일 같은 성당 종소리

들판의 땀방울처럼
기쁨도 슬픔도 없는 청순한 시간

하루의 소용돌이가 멈추고
순결한 눈동자는 포만의 미소로

유쾌한 자신을 바라본다

창조의 원근감

오이처럼 싱싱한 날

바람의 물결 따라 멀리
새가 날아간다

빈 하늘을 걸어가는
외로운 단어처럼 보였다

어디로 가는 걸까

상상의 목적지가 산 넘어 산
초라한 둥지일망정 새의 하루는
생각을 창조하기도 전에 이미 만들어졌다

한 장의 백지에 그려진 도전과 응전
승패의 기분까지 선명한
순간의 풍경화가 환상처럼 나타난다

나는 하늘로 날아가는
운명의 조감도를 바라본다

가을밤

석양 무렵
새들은 집을 버리고 날아올라
유목민의 하늘로 사라졌다

망각에 사로잡힌
장밋빛 저녁

보름달이 켜지고 별들은
가로등 불빛이 남겨 놓은
사랑의 낙서를 읽는다

풍요로운 바람의 향기가
마음을 채우는 밤

그림자처럼 사랑이 온다
사랑으로 무엇을 하여야 할까

집 없는 집시의 달처럼

사랑이 온다

슬픔보다 짙은 망각

어쩌면 나비는 절망의 환상

기억 상실처럼 위태로운 고독
날카로운 모서리 같은 고난을
망각의 날개에 새긴 문양 한 조각

꽃의 마지막 인사에도
끝끝내 나비는
그토록 아름다운 비행인 것을 알지 못한다

희망을 찾는 타로카드처럼
허공을 떠도는
아름다운 방랑

나비가 가을바람에 흩날린다

그림자 같은 절망은
생의 기쁨을 알기 전까지

슬픔을 풀어 주지 않는다

신비로운 풍경

공간에 울려 퍼지는 거대한 함성

영혼이 돌멩이처럼
풍경의 계곡으로 떨어진다

무한 생명의 숨소리
광활하게 죽은 세월의 노래가
진노의 날처럼 허공에 울린다

장엄한 풍경이 달처럼 눈을 뜨고
나를 바라본다

나는 들꽃처럼 떨었다

단단하고 화려한 풍경 속을
나비처럼 가볍게 날아다닌다

호랑이와 마주 앉은 무한 공포 같은

견딜 수 없는 환상을 바라보며
물고기처럼 간지럼을 탄다

사랑의 여인

보석 상점처럼 화려한 정원

꽃과 나비 사이 흰 여인
오늘 사랑은 꽃을 입었다

찾아오지 않는 사랑을 위한
마지막 기회처럼
망각의 잔에 남은
애정의 포도주를 마신다

고독과 외로움 사이
향기처럼 흘러넘치는 침묵
이슬의 흔적이 남겨진
꽃의 눈망울이
정착하지 못한 슬픔처럼 차갑다

풍요로운 사랑의 여신은 아주 가끔
쓸모없는 애정의 굶주림으로

이유도 모르면서
꽃의 슬픔을 갈증의 꽃병에 담근다

겨울 여인을 닮은 들판의 꽃

흰 바람이 불었다

창문이 열리고
날아오르는 나비처럼
꽃이 핀다

눈부시게 화려한
너의 생명은 아름다움

소유권 없는 너를 향한
눈보라 같은 나의 열정은
사랑의 장작을 태우는
불꽃같은 순진한 운명

따뜻한 곡선처럼 만나는
하얀 미소
라일락보다 짙은 향기

연민의 매듭으로 엮인
생명의 사랑이 시작된다

차가운 그늘

모래밭을 지나온 낡은 발자국은
수많은 단편으로 채워졌다

한 장의 백지로 주어진 인생 속에
겹친 수많은 그림

울타리 속 양들의 발자국처럼
혼란스럽게 뒤엉켜
검은 종이처럼 불안하다

침묵의 깊이를 알 수 없는 공중으로
노란 기도가 나비처럼 날아가고

푸른 하늘은 빈 그릇처럼 멍청하다

꽃에게 인생을 팔아 버린
나비 같았다

그게 다인가
정말 그럴까

가을 간이역

마른 갈대처럼 우울한 햇살이
바람 속에 얼굴을 묻고
여름처럼 울었다

나비처럼 울면서
꽃처럼 슬퍼한다

눈망울이 커다란 하늘이
새벽의 탁자 위에
사과 한 알
남겨 두고
포도 넝쿨을 겨울에게 팔아넘긴다

얼굴 없는 간이역
쓸쓸한 구름이
새들의 열차에 오르는 들판

밀밭의 꽃들이

하얀 사랑처럼 손을 흔든다

사랑의 대가를 요구하는 원죄의 약속

치러야 할 대가는 모두 지불했다

이제 더 이상 가려울 일도
따가울 것도 없다

마음이 까마귀처럼 짖어댄다

일생을 전쟁터에서 살아남은
노병의 낡은 군화 같은
남루한 휴식

아련한 추억의 흉터가
꽃처럼 피를 흘린다

세월은 모래처럼 흘러 내렸다
수많은 인연이 낙엽처럼 흩날린다
배신과 모반을
오후의 정사처럼 즐겼던 시간이

먹구름처럼 침묵한다

철저한 하늘의 약속
사랑은 어느 구석에 숨었는지
찾지 못하였다

기억해야 할 원죄를
문신처럼 새긴 상처

하늘이 늙은 왕처럼 약속한
사랑은 어디 있는가

약속한 자리를 맴도는
분노한 물고기처럼
좌절의 질문이 방황한다

가벼운 사랑

차 한 잔을 위하여
너무 많은 물을 끓일 필요는 없다

나에게 필요한 건
한 줌의 욕망과 따뜻한 기쁨

한 송이 꽃을 위하여
너무 많은 정성은 필요 없다

나는 몽블랑처럼 선물을 쌓아 놓은
산타클로스가 아니다

너를 사랑하는 데
혼신의 노력을 할 필요는 없다

눈빛이 교차로처럼 만나는 미소 사이
밀어의 향기가 은밀하게 건너온다

우리의 사랑을 위하여
전부를 바칠 필요는 없다

처녀의 순정을 닮은 햇살처럼
부드러운 관심

하나의 줄기를 타고 오르는
두 송이 장미처럼
우리는 서로의 몫을 감당한다

흑진주처럼 남겨진 어머니 일기장

꽃향기 같은 목소리

설레는 기쁨으로 엮었던 표지를 열면
비바람의 발자국에 목소리는 얼룩져 갔다

내 영혼의 심장 속에
울려 퍼지는 범종 소리처럼

찢어진 계절을 기워가는 문장 하나하나
덧없이 흐르는 눈물이 사치스러워
피를 흘리고 싶은 전율에 떨었다

지옥의 불길 같았던 시절마저
지네의 마디처럼 아름다운 세월의 간격

색동저고리 같은 자신의 등불을
짚신처럼 태워 슬픈 어둠을 덮었다

새벽 창가에 서리 내리고
파란 외로움이 피었다

고독한 눈물을
동백꽃 시체처럼 묻어 둔
담담한 사연이
피의 꽃잎처럼 흩날린다

꽃과 사랑 그리고 기다림

우아한 나비는 오지 않았다

종이학처럼 은밀한 향기를 접으며
분홍의 꽃이 흰 구름을 기다린다

목적지 없는 새가
하늘을 가로질러 한참을 날아가도
몽롱한 사랑은 오지 않는다

땅만 바라보던 시무룩한 꽃은
맑은 결심처럼 눈을 뜨고
싼값에 사랑을 팔아 버린다

헐값을 좋아하는 꿀벌과 파리가
예의 없이 날아들고
정원은 국밥집처럼 소란하다

꽃향기처럼 멋쟁이를 기다리던 여인이

기어이 벌에 쏘인다

야생화

순결한 눈망울
너는 귀한 영혼을 가졌구나

나비가 사랑하는
바람의 창문마다 꽃이 피었다

햇살은 봄비처럼 흩날리고
수심을 알 수 없는 꽃의 물결

나는 화사한 연정의 돛단배를
타고 가는 것처럼 설레였다

꽃은 내 영혼의 무게를 알고 있다

가벼운 운명을 위로하는
꽃향기 따라
헤어진 연인처럼 걷는다

영혼의 꽃이 피었다

우울증이 암컷 늑대처럼 방황한다

잠시 우울한 것이다
잠시 날이 더웠던 것이다

잠깐 동안 슬펐고
잠깐 동안 암컷 늑대처럼 신경이 곤두섰다

마음은 날카로운 도끼
신의 제단에 바치는 나무를 자르지만
날은 예리하다

끝없는 직선의 지루한 길에서 만나는
습관의 반란
달빛처럼 온순한 감각이 투정을 부린다

네 마음의 바다는
오늘도 평온한 상태
흔들리지 않는 섬

화려한 오후에 피어난 장미처럼

속절없이 예쁘기만 한 것을

상냥한 운명이 인사한다

운명은 상냥하다

화려한 의상실 주인처럼
가냘픈 목선을 강조하며
겨드랑이 살짝 찢어진
초라한 단점에 대해선
물에 풀린 미소처럼 외면한다

거리의 운명은 대부분
무서운 동쪽으로 몰려갔다

선행의 표지판이 사라지고
배려의 지갑을 잃어버린 거리에서

가로등은 정직한 간격을 유지하며
화려한 경계심을 늦추지 않는다

일기 예보를 무시한 운명의 비는

착한 친구처럼 찾아와

엎질러진 우유처럼 길을 적신다

사라진 낭만

분홍보다 아름다웠던 시절

일기장은 마침내 외로운
사슴의 창문을 열어 사랑을 보여 주었다

결론을 싹둑 자른 깨끗한 감동이
화사한 정원처럼 나타난다

첫사랑이라고 굳게 믿었던
장미의 연정 위로
풍성한 달이 지나가고
갈대의 물고기가 살쪄 가는 동안
서늘한 마녀의 손은
검은 촛불 아래 낭만을 기록했다

연못에 흩날리는
구름의 노래 같았던 달의 꽃

침묵의 미소 같은 낯선 낙엽이
아름다운 눈동자로 나를 바라본다

장미의 날

감각의 입술
매혹적인 꽃잎

슬픈 욕망처럼 현란하다

새들도 잡히지 않는
남풍의 그물처럼

화려한 꿈을 바라보는
순결한 눈동자

사랑은 환상의 삶을
지나가고 있다

장미의 사랑만이
철새의 그물에 걸린다

가을의 은총

은총은 공평하다
가을 나무처럼 공평하다

가난한 자에게는 일어설 기도를 주시고
배부른 자에게는 넘어질 타락을 주셨다

없는 자에게는 자비를 구걸할 권한을 주시고
있는 자에게는 자비를 베푸는 기회를 주셨다

거친 바람 달리는 사람의 광야에
사랑과 연민은
참새의 씨앗처럼 뿌려졌다

우리는 모두 자신의 허기진 사랑을 위하여
늑대처럼 헌신한다

지배의 습관

우리가 지배하여
다스릴 수 있는 것은 무엇일까

운명의 여신이 들고 있는 수평 저울처럼
대칭적인 공존의 세상

우월한 자만은 언제나
배신을 결정한
사마귀 눈빛처럼 사악하다

창조는 지상의 유일한 생명
사랑을 강조하였지만

어둠을 지배하는 선악의 나무는
문자가 미련하고
문명이 어리석어
우리는 순결한 꽃처럼 피를 흘린다

4부

겨울 햇살

겨울 햇살

하늘이 호수처럼 외롭다

창백한 햇살은
담장에 갇힌 전쟁 포로
모퉁이에 기대어 떠날 줄 모르고

조용한 따뜻함을 즐긴다

겨울바람은 눈 속에 묻힌
붉은 표지판 위를 맴돌고
허공의 새들이 차가운
수정 그물에 걸려 버둥거렸다

마음의 온도가 내려가는 계절
누구라도 눈부시게 날아갈 수 없었다

그 장면에서
겨울은 흥미진진한 애정 소설처럼

다음 페이지로 넘어간다

나는 죽은 나비

나는 꽃밭에서 죽었던 나비
가난한 낮달의 환생
아침에 죽은 참새의 영정 사진을 바라본다

분수처럼 솟아나는 화려한 행복
환희의 순간을 말려 놓은 꽃다발
십자가에 묶어 놓은 시간

무성한 나무는 겨울처럼 잘려 나가고
어제가 지겨운 오늘은 색조 화장 같은
함박눈으로 하늘을 새롭게 창조한다

달이 부엉이처럼 우는 밤
나의 삶은 산과 들판에 대한
짧은 주석에 불과하다
더 많은 신비를 체험하기엔
내 영혼이 개미처럼 작았다

영정 사진으로 쓴 자서전을 읽으며

완벽하게 해석된 문장에 질문을 던진다

할머니의 침묵

옹달샘처럼 조용한
은방울 눈동자

수정 같은 물방울이 떨어진다
시간의 파문이
동그란 무지개처럼 퍼진다

골목을 배회하는 개미에게
하루의 가치는 얼마일까

평범한 눈으로 측량해 보는
연약한 곤충의 몸부림처럼

삶의 폭풍 속으로 몸을 던진
나의 청춘은 행방불명되었다

풍요로운 재물은 쉬지 않고 달려 온
바람의 세월처럼 사라졌다

기쁨도 슬픔도 없는 눈동자
샛별처럼 조용하다

선명한 인생

안개와의 싸움에서 어지럽게 패배한
피 흘리는 희망이여
나를 주인이라 부르지 말라

물속의 나무
달의 문자로 적어 놓은
사랑의 문양이
버들가지처럼 물에 잠긴다

부드러운 유혹처럼
달빛에 일렁이는 물결
낮은 목소리로
설명할 수 없는 나의 그림자
어두운 지평선에서 흩어지는
욕망의 무지개

어둡고 먼 곳을 바라볼수록
꿈은 몽롱해진다

여린 사랑이 측은한 날의 손을 잡는다

부유한 날의 축제

황제의 침실처럼 빛나는 방

알리바바와 40인의 도적이 사는 동굴처럼
황금 식탁이 차려지고 우아한 파티를 하지만
주인은 푸른 유령
사물 사이를 방황한다

정직한 하인의 일과표대로 빈틈없이 움직이고
비판과 반성은 쓰레기통에 던지며
하루를 잘라 낸다

오류가 기록되지 않는 충실한 일기를
망각의 서랍 속에 잠그면

채워지지 않는 쓸쓸한 하루 또 하루
화려한 옷을 찾는 욕망

황금으로 그려진 초상화

슬픈 유리창에 갇힌 햇살의 얼굴이 창백하다

북풍의 계절

사나운 바람이 불었다

나무가 울었다
차가운 빗방울처럼 울었다

눈물에 잠긴 목소리
커다란 슬픔이 방울방울 흩날리고
큰 나무가 부러지고 작은 나무는 쓰러졌다

위험한 감정처럼
갈대 언덕의 나무가
나무답게 울고 있다

차가운 비가 오고
은방울처럼 흔들리는 나무
누구를 위한 것도 아닌
자신에게 들려주는 노래처럼 울고 있다

영광의 잔인한 종말처럼
북풍이 휘몰아쳤다

아름다운 이름이 붙여진 사랑

하늘 너의 이름은 희망 그리고
흐린 날의 절망

장미 이름은 정열의 장작불 그리고
바람난 홍분

개나리의 이름은 어린 날의 연정
그리고 지금은 쓸모없는 개나리
사람들은 대부분 개나리를 버렸다

바다는 담장 그림자 넘어 다음 생처럼
깊은 연못
이상한 세계

하늘 도서관처럼 구분된 사랑의 이름

애처로움 보다 더 차가운 봄날 같은
저것 하나하나의 속마음을

나는 알고 있을까

고통스러운 자만

만찬 접시에 남겨진 우아한 스테이크처럼

먹다 버린 시간
지나간 날은 조금도 우호적이지 않았다

기름진 포만
뒤뚱거리는 불편함
남겨 놓은 맛의 미련

맞붙은 현재와 과거는 조용히 용서하지 않았다

손바닥에 놓인 모래처럼 초라한 신의 지혜도
풍족하게 나누어지지 않아
씨앗은 습관적으로 어둠을 파고들었고
물은 농부처럼 부지런한 나무를 키웠다

그것은 부끄럽지 않은 정당한 행위였을까
그때 그러지 않았더라면

믿었던 열매의 맛은 늘 의심이었다

명동성당

일기 예보 응원가는 요란하다
난봉꾼 한파는 우쭐대며 씩씩했다

이상한 날
흰 눈 쌓인 가게 앞 모퉁이 화단
뜨거운 오아시스 같은 붉은 꽃이 피었다

눈밭에서 발생한 우연찮은 사건처럼
한겨울엔 명동성당에 가자

고드름처럼 웃는 겨울
새파랗게 텅텅 비는 날
명동성당에 가자

동그란 몸을 흔들며
영광이 걸어간 발자국 따라
언덕 위 하나님 집으로 가자

탕자답게 뻔뻔하게 들어가
당당하게 앉아 하나님 눈동자 바라보자

눈물 향기 사프란처럼 퍼지는 어둠
축복의 여명 따라
나도 몰래 슬금슬금 성단으로 다가가는
배신의 그림자 바라보며

오래오래 앉아
그렇게 어린 양이 되어 보자

얼마나 편안한가
금지된 예언처럼 행복하다

저리도록 차가운 한파

뱀들의 골짜기처럼 찬 공기

흰 종이처럼 날카로운 바람이
나누어 줄 것 없는
벌거숭이 나무를 흔든다

난폭한 손길에도 묵묵히 견디는
소를 닮아 나무는 말이 없고
쓸쓸한 눈동자가 습관적으로 끔뻑였다

새들의 날개가 젖고
까마귀의 목소리가 얼어 가는 동안
겨울 나라에 눈이 온다

천사의 기도 같은 눈송이

겨울엔 눈 속에 파묻힌 것만
봄처럼 무심한 눈을 뜬다

생명을 찾는 노란 해가 눈밭을 구른다

황당한 환절기

떠난 여인이 남긴 미련한 눈물처럼
갈아입은 바지 주머니에서
몇 장의 무심한 지폐가 나왔을 때
겨울은 잠시 행복했다

가난하게 겨울을 털어 내며
추위에 지지 않았다

바람둥이 겨울은 모든 것을 힘들게 했다

함박눈은 성스러운 하룻밤을 즐겼지만
마녀의 품속에서 차가운 꿈은
속절없이 얼어 죽었다

겨울 마지막 건널목에서 꽁꽁 언 얼굴로
비굴한 패배를 인정하며 가장 두꺼운
옷을 샀을 때 봄이 왔다

달콤한 겨울 오후

연기와 검은 장작처럼 버려진
눈 속 마을
다정한 풍경

북풍은 마녀의 입술처럼 차갑다

눈꽃의 해가 뜨고
단단한 생존 노력처럼
작은 새들이 눈밭을 몰려다닌다

행복한 삶의 성과처럼
눈 속에 얼어 죽은 꽃은
영혼의 자각을 위해 던져진
신의 질문이었다

눈밭의 겨울
차갑게 예정된 인생처럼 우리는
불확실한 죽음과 줄다리기를 한다

보름달 주막

딸랑거리는 몇 개의 동전처럼
남겨진 저녁

붉은 입술의 양주가
뚱뚱한 맥주 미소로
나를 부른다

허름한 간판
조그만 탁자
어머니 향기 같은
막걸리의 따뜻한 웃음소리

옆 좌석의 소주가
눈웃음치고

소주는 아직 청순하다

낡은 냄비처럼

지친 노동

짊어지고 온 비린내 나는
하루를 배낭처럼 내려놓는다

악마의 미소로 만든 질서처럼
탁자 위로 쏟아지는 표정

표지판 없는 터널의 출구에서
지나간 것을 기억하고
다가올 것을 준비하는 것은
누구의 책임일까

고독사

말라 버린 단어 하나가
수천수만의 불화살이 되어
나에게 떨어진다

등줄기를 타고 오른 전율이
불꽃처럼 터진다

사랑의 공기 없는 빈방
물 밖에 나온 물고기
부러진 날개로 추락하는 새

부처님의 고행처럼 앙상한 눈동자
수렁으로 몰아넣는 비겁한 기도
돌부처처럼 귀가 없는

어쩌다 이 지경이 되었을까

눈을 감으면 무문관 전사의

비장한 각오를 따라가던
말라 버린 나의 수행이 보인다

문자의 창고지기

세월은 시계처럼 감정이 없다

불평은 어두운 창고의 문을 연다
코끝이 시리도록
그리웠던 향기

겨울이 끝나 갈수록
동그란 새들은
나뭇가지처럼 날씬해진다

해변의 조개처럼 빛나는 사람의 무리
소금 향기에 젖은 돌

무거운 주먹을 쥔 정복자가
그림자처럼 있다

하늘로 날아가는 새는
하늘에서 슬프다